Le avventure di Sara e Mr. Jones

(Volume primo)

Un fiore a forma di stella

(Il fiore del Male)

Sara Brillante e Francesco Enas

Un fiore a forma di stella (Il fiore del Male)

Un fiore a forma di stella (Il fiore del Male)

Sommario

Prefazione, semi-seria, ad un racconto Dark 9

Capitolo primo: La scomparsa degli illuminati 10

Capitolo secondo: Persa in una caverna 14

Capitolo terzo: Un deserto di sabbia rossa 16

Capitolo quarto: Un'arma letale 19

Capitolo quinto: Un nuovo mondo 20

Capitolo settimo: Un aiuto dal cielo 25

Capitolo ottavo: Un amico speciale 27

Capitolo nono: Ho incontrato un vampiro 31

Capitolo undici: Inaspettata!!! 44

Capitolo dodici: Sempre in fuga 47

Capitolo tredici: Cannibali!!! 51

Capitolo quattordici: Mr. Jones 57

Personaggi

(Personaggio di Sara - di Sara Brillante-Copyright ©2021-22)

Un fiore a forma di stella (Il fiore del Male)

(Personaggio di Mr. Jones - di Sara Brillante-Copyright ©2021-22)

"La verità su di me non sarà mai scritta, perché nessuno la conosce"

"Io non sono di nessuna epoca e di nessun luogo, al di fuori del tempo e dello spazio, il mio essere spirituale vive la sua eterna esistenza e se mi immergo nel mio pensiero rifacendo il corso degli anni, se proietto il mio spirito verso un modo di vivere lontano da colui che voi percepite, io divento colui che desidero. Partecipando coscientemente all'essere assoluto, regolo la mia azione secondo il meglio che mi circonda. Il mio nome è quello della mia funzione e io lo scelgo, così come scelgo la mia funzione, perché sono libero; il mio Paese è quello dove fermo momentaneamente i miei passi. Mettete la data di ieri, se volete o riuscendovi, quella di domani o degli anni passati, per l'orgoglio illusorio di una grandezza che non sarà forse mai la vostra".

"Io sono colui che è".

"Non ho un padre; diverse circostanze della mia vita mi hanno fatto giungere a questa grande e commovente verità; ma i misteri di questa origine e i rapporti che mi uniscono a questo padre sconosciuto, sono e restano i miei segreti.

Coloro che saranno chiamati al divenire,
all'intravedere come me, mi comprendono e mi
approvano. Quanto all'ora, al luogo dove il mio corpo
materiale a quaranta anni si educherà su questa terra,
quanto alla famiglia che io scelgo per questo, io voglio
ignorarla, non voglio ricordarmi del passato per non
aumentare le responsabilità già pesanti di coloro i quali
mi hanno conosciuto, perché sta scritto: tu non farai
cadere il cielo.
Io non sono nato dalla carne, né dalla volontà
dell'uomo, sono nato dallo spirito.

Il mio nome, che è mio, quello che scelsi per apparire
in mezzo a voi, ecco quello che reclamo. Quelli che mi
sono stati dati alla mia nascita o durante la mia
giovinezza, quelli per i quali fui conosciuto, sono di
altri tempi e luoghi; li ho lasciati, come avrò lasciato
domani dei vestiti passati di moda e ormai inutili.
Ma ecco sono nobile e viandante, io parlo e le vostre
anime attente ne riconosceranno le antiche parole, una
voce che è in voi e che taceva da molto tempo risponde
alla chiamata della mia; io agisco e la pace rinviene nei
vostri cuori, la salute nei vostri corpi, la speranza e il
coraggio nelle vostre anime.

Tutti gli uomini sono miei fratelli, tutti i paesi mi sono cari, io li percorro ovunque, affinché lo spirito possa discendere da una strada e venire verso di noi.
Io non domando ai Re, di cui rispetto la potenza, che l'ospitalità sulle loro terre e, quando questa mi è accordata, passo facendo attorno a me il più bene possibile: ma non faccio che passare. Sono un nobile viandante?

Come il vento del Sud, come la splendente luce del mezzogiorno che caratterizza la piena conoscenza delle cose e la comunione attiva con Dio, così io vado verso il Nord, verso la nebbia e il freddo, abbandonando ovunque al mio passaggio qualche parte di me stesso, splendendomi, diminuendomi in ogni fermata, ma lasciandovi un po' di luce, un po' di calore, fino a quando io non sia infine arrivato e stabilito al termine della mia carriera: allora la rosa fiorirà sulla croce.

Io sono Cagliostro.
Perché è necessario che voi chiediate di più?

Prefazione, semi-seria, ad un racconto Dark

Vi state chiedendo perché Cagliostro in un racconto simil horror? Dentro un romanzo Dark? Presto detto. Per l'unicità nel suo raccontare, spiegare il senso del suo essere (semplicemente spiegando il perché del suo nome), percepiamo un che di bruto, persino di malefico. Ecco perché! In questo racconto si trovano alcune somiglianze con personaggi famosi. Mi viene spontaneo precisare che il tutto è frutto di un sogno fatto dalla coautrice Sara Brillante. Ogni riferimento a fatti realmente accaduti, e/o personaggi di altri romanzi/film è casuale ed involontario.

"Il fiore del male" è il primo della serie di "Sara e MR. Jones.

Infatti questo libro è stato scritto a quattro mani da me e Sara Brillante, autrice anche della copertina e dei disegni che abbelliscono il racconto.

Buon divertimento.

Capitolo primo: La scomparsa degli illuminati

Il lampadario a gocce inizia a dondolare come un pendolo, avanti e indietro.

Prima lentamente, poi gradualmente.

Aumenta la velocità, e di colpo smette!!

Poi inizia a girare in senso orario, formando piccoli cerchi concentrici.

Cerchi che diventano sempre più ampi, fino a far cedere il gancio che lo trattiene al soffitto.

Il lampadario si frantuma al suolo.

È un'esplosione… con centinaia di piccoli cristalli che svolazzano nella stanza.

Le schegge assumono la forma di fiori, chiaramente somiglianti ad una miriade di stelle impazzite.

Con un bagliore improvviso, si accende il televisore, auto sintonizzandosi su di un canale inesistente.

Su questo appare un'immagine, che si allarga sempre più, fino a svilupparsi sull'intera parete della mia camera da letto.

Davanti ai miei occhi, come un miraggio, compare un luogo, come un mare prosciugato, un deserto di pietre.

La terra è brulla, non ci sono alberi, non si vede il verde dei prati.

Solo massi, pietre rossicce ed uno sterminato deserto di sabbia, rossa come le rocce.

Un ragazzo ed una ragazza si avvicinano a due enormi pietre, tenendosi per mano.

Si sorridono felici, spensierati ed innamorati.

La fanciulla depone, su una delle pietre, un fiore a forma di stella; poi si avvicina al ragazzo e, con voluttà lo bacia.

Improvvisamente, mentre si baciano, lui scompare nel nulla, quasi come non fosse mai esistito.

Per niente impaurita, neppure meravigliata, lei si volta e ripercorre la strada dalla quale è venuta.

Come nel peggiore degli incubi, questa scena si ripete più e più volte.

Una serie infinita di coppie; tanti fiori, tutti uguali, a forma di stella e tutti i maschi che scompaiono improvvisamente nel nulla.

Ecco che, quando tutto sembra non avere un senso, giunge una eterea fanciulla, dai lunghi capelli rossi.

Gli occhi verde smeraldo, uno sguardo penetrante.

Indossa una veste di seta trasparente, lunga e colorata, che le dà sembianze di fata.

Esce dall'immagine dello schermo, riflessa sul muro e, raggiungendomi nella realtà, mi prende per mano.

Per condurmi nel suo mondo.

Io la seguo sicura, tranquilla; senza alcun timore.

Percorriamo una strada lastricata di massi e pietre rosse, come un'antica strada romana.

Finché arriviamo nei pressi di una caverna.

Appena entrata, mi rendo conto dell'assurdità del luogo e dei percorsi interni.

Dentro, è come una sorta di gomitolo.

Con una infinità di cunicoli sotterranei, ognuno dei quali porterà, sicuramente, in un proprio, assurdo mondo.

Da ognuno di questi brulicano strani animaletti, a forma di chiocciola, ma con un volto quasi umano.

Sembrano buoni e, con un sorriso quasi umano, facendo come per dire sì con la testa, salutano educatamente; mentre sono intenti, chi a cucinare, chi a rassettare e chi a lavare.

Dal nulla etereo di quell'assurdo luogo, una alla volta, compaiono le ragazze sopravvissute.

Tra le mani hanno i fiori a forma di stella che, brillando, illuminano i cunicoli delle caverne.

Solo a questo punto mi rendo conto della macabra scoperta!!!

La luce di ogni fiore si materializza sulle pareti, facendo apparire i giovani scomparsi.

Vedendomi, in un tentativo disperato, cercano di sporgersi il più possibile, quasi a chiedere il mio aiuto.

Ma nella stessa maniera in cui si erano accesi, ad uno ad uno, i fiori si spengono; lasciandomi il ricordo di una raccapricciante visione.

Facendo ritornare quei poveri ragazzi nel buio dell'eternità.

Capitolo secondo: Persa in una caverna

Ripercorro la stessa strada, questa volta da sola.

Ancora una volta con quegli esseri umano-chioccioluti che, consapevolmente, mi seguono con lo sguardo e mi rimproverano con gesti plateali.

Purtroppo per me, la caverna è piena di cunicoli.

Tutti perfettamente uguali.

Scegliere la via che porta alla salvezza e quindi all'uscita si dimostra impresa alquanto ardua.

Ne scelgo uno a caso, facendo appello alla mia fortuna, e mi incammino, chinandomi un poco (sono alta un metro e ottanta, senza scarpe!), perché (e come poteva essere il contrario!) i cunicoli oltre che stretti sono anche molto più bassi di me.

Ho come la sensazione di essere qui da sempre.

Come fossi entrata mille anni fa.

Una sensazione di fatica estrema, tanta che mi sembra di camminare da ore.

Sola, senza nessun punto di riferimento, senza un barlume di luce e senza nessuna via d'uscita.

Cammino tastando le pareti, usando mani e piedi per sorreggermi.

I muri sembrano unti, scivolosi, addirittura appiccicaticci.

Sono schifata, ma non ho alternative.

Sfogo la mia paura in un conato di vomito, ma avendo lo stomaco completamente vuoto, rigetto soltanto bile verdastra.

Strani rumori riempiono il lungo cunicolo.

Voci, come lamenti di esseri umani, che soffrono; forse il coro di mille persone in un pianto di sofferenza finale!

Impaurita e stanca proseguo il percorso camminando carponi.

Lottando contro la tentazione di voltarmi e tornare sui miei passi.

Istintivamente, a questo pensiero, mi volto e scopro che il percorso dietro di me si va richiudendo man a mano che proseguo.

Altro che tornare indietro!!!

Capitolo terzo: Un deserto di sabbia rossa

Procedo e la terra brulla si tramuta in fine sabbia.

Come ci fosse stato un terremoto, si apre una voragine sotto i miei piedi.

Precipito con un grido di terrore strozzato nella gola, poi il nulla.

Non so per quanto tempo sono rimasta senza sensi, a fatica riapro gli occhi e mi accorgo che la sabbia sta scendendo come dentro una clessidra.

Non sono sdraiata a terra, ma sono coricata, come incollata al soffitto con qualcosa di freddo e rigido che mi preme contro un fianco.

Mi giro appena, per capire di che si tratta.

É una maniglia, la afferro con entrambe le mani e spingo con tutte le forze che possiedo in corpo, ma non c'è nessun cedimento, non si apre alcuna porta.

La sabbia continua a salire, la stanza va riempendosi.

É una terrificante corsa contro il tempo!

Improvvisamente ad un lato del portello si illumina una scritta: "Introdurre password".

Sotto la coltre di sabbia, con la gola secca, intravedo la tastiera; la pulisco meglio che posso.

Freneticamente, digito numeri a caso, parole senza senso.

Ovviamente non accade niente.

Mi guardo intorno alla ricerca di un indizio e quando sto per perdere i sensi, insieme alla speranza, una forte luce (da dove proviene?) illumina una parete.

Vedo e riconosco, uno dei giovani illuminati scomparsi.

Cerca di dirmi qualcosa, ma non sento la sua voce.

Non capisco è come parlasse un idioma inventato.

L'ho visto fare da alcuni poliziotti veramente in gamba e ci provo anch'io.

Ho poco tempo, osservo attentamente il movimento delle labbra e mi sembrano cifre.

Quattro numeri "0 4 0 8", ci sono!!!

È la mia data di nascita.

La digito sulla tastiera e la botola si spalanca, con un rumore terribile verso l'alto.

Salgo. La attraverso, e sono in piedi in un'altra stanza. Come sotto, così sopra.

Una piramide al contrario.

Per fortuna, adesso, in posizione eretta, non ho il sangue alla testa ed i piedi sono ben piantati a terra.

Da un sarcofago semi aperto fuoriescono vermi giganteschi e tarantole nere, con zampe pelose, grandi come le chele di un granchio.

Si avvicinano, si muovono come schegge impazzite; ed io sono disarmata.

Improvviso, come un lampo a ciel sereno, uno dei vermi giganti mi sale sul collo.

Istintivamente, faccio un gesto con la mano di manca, come per togliermelo di dosso.

A terra cadono due metà esatte, perfettamente recise, di quel verme gigantesco.

Guardo le mie mani, stupita, prima la destra poi quella mancina.

Mi rendo conto di essermi completamente scordata delle mie unghie retrattili a sciabola.

Dieci centimetri di acciaio puro, temperato.

Così potenti da dividere un uomo in due parti, senza scalfire minimamente la lama.

Facendo roteare le mani come mulinelli di morte, mi avvento sui giganteschi vermi ed i pelosissimi ragni.

Mi fermo, imbrattata di sangue e ricoperta di scaglie da capo a piedi, solo quando nella stanza vedo un enorme ammasso di pezzi di vermi e di poltiglia di scaglie pelose.

Capitolo quinto: Un nuovo mondo

Osservo le mie mani e noto con stupore che le lame sono rientrate nella carne e non so se essere felice o spaventata di fronte ad un fenomeno che non comprendo e non so ancora cosa possa averlo scatenato.

Per non scivolare sui vermi viscidi mi muovo con cautela verso una brocca contenente acqua putrida e verdognola, ma pur sempre acqua.

Finalmente posso togliermi di dosso il sangue ormai raffermo, di un orripilante rosso scuro.

Mentre mi strofino braccia e viso, vengo attratta da un fascio di luce.

Sembra provenire dal sarcofago.

Mi avvicino e mi sporgo verso l'interno.

Non ci sono mummie, bensì i resti di un essere che ha poco dell'umano: con la carcassa a spirale, come a forma di chiocciola.

Riposto al suo fianco, in bella evidenza, uno strano oggetto illumina la bara; è simile ad un talismano con la forma di una stella.

Lo raccolgo e, scrutandolo attentamente, mi rendo conto che si tratta di uno scrigno, lucente di luce propria. Chiuso e, naturalmente, della chiave non trovo alcuna traccia; né nella bara, né tantomeno all'interno delle reliquie mortali di quello strano essere.

Sto ancora rovistando, quando un fulmine accecante irrompe nella piramide, che come una chimera svanisce in un istante.

Sono fuori!! No, non sono uscita.

Sono ancora dentro al sogno, con lo scrigno tra le mani e, di fronte, due strade che si dividono.

Quella di destra è cosparsa di pietre rosse e mi riporta dove tutto è cominciato mentre quella di sinistra mi conduce verso l'ignoto.

Ignoto rappresentato da una porta spazio temporale; non ha senso tornare sui miei passi, ho una chiave da trovare e mi dirigo nell'altrove, questa volta non del tutto convinta (seguendo alla lettera ciò che ho appreso, sicuramente mal interpretando), dal mio poeta preferito, Eugenio Montale.

Grazie al quale (forse) su tutto quel che vedo, su tutto quel che faccio, trovo sempre scritto *"più in là"*.

Un fiore a forma di stella (Il fiore del Male)

Ricordo ancora, come fosse ieri, gli anni della mia
passata vita scolastica, quella poesia: "Maestrale"
di Eugenio Montale:

S'è rifatta la calma
nell'aria: tra gli scogli parlotta la maretta.
Sulla costa quietata, nei broli, qualche palma
a pena svetta.
Una carezza disfiora
la linea del mare e la scompiglia
un attimo, soffio lieve che vi s'infrange e ancora
il cammino ripiglia.
Lameggia nella chiarìa
la vasta distesa, s'increspa, indi si spiana beata
e specchia nel suo cuore vasto codesta povera mia
vita turbata.

O mio tronco che additi, in questa ebrietudine tarda,
ogni rinato aspetto co' tuoi raccolti diti
protesi in alto, guarda:
sotto l'azzurro fitto
del cielo qualche uccello di mare se ne va;
né sosta mai

<u>ché tutte le cose pare sia scritto: "più in là".</u>

Capitolo sesto: Attacco sotterraneo

Ho attraversato la porta che si è subito richiusa alle mie spalle; non ho paura perché sono consapevole di possedere un'arma letale (le mie mani!), anche se non ho ancora ben capito come usarla!

Mi trovo in un luogo tetro, avvolto da una fitta nebbia. Uccelli nero pece, simili ad enormi pipistrelli, volteggiano sulla mia testa.

Nell'avanzare circospetta, con le orecchie tese come radar, il mio sensibile olfatto viene colpito da un odore nauseabondo, proveniente da carcasse di animali morti, disseminate ovunque, che sono come asfalto cadaverico sul terreno, come un lugubre tappeto.

Ho come una strana sensazione, la sensazione di galleggiare sulla terra.

Ogni mio passo corrisponde ad un movimento sotterraneo, come se il sottosuolo fosse un immenso tappeto elastico.

Rendermi conto di dove mi trovo, è come risolvere un'equazione composta da sole incognite.

Sotto i miei piedi la terra continua a ballare.

In lontananza intravedo (nella foschia del sogno, o nella buia realtà), montagne rosse, come la sabbia appena lasciata.

Le vedo muoversi, come ballassero a tempo.

Tutto è in movimento, la terra che trema sotto i piedi, le montagne che ballano.

Giganteschi pipistrelli volteggiano sulla mia testa, sicuramente aspettando che io venga uccisa, per nutrirsi, facendone scempio, del mio cadavere, dei resti della mia carne.

Uno di loro, però, fa l'errore di avvicinarsi troppo. Sfodero, con rabbia estrema, le lame della mano di manca (Ecco capito cosa le attiva; la rabbia!), e con un unico colpo la divido in due.

Una pioggia di interiora e sangue quasi nero, cade su di me, lordandomi completamente.

Ma i pipistrelli giganti sono poco più di un gioco, rispetto a quello che sta per accadere.

Il tremolio della terra si trasforma in una serie di boati, come bombe militari lanciate in sequenza.

Mi accorgo tardi che non sono bombe, ma un mostruoso verme sotterraneo, che avanza nel sottosuolo a velocita supersonica, come nutrendosi della terra che percorre.

Capitolo settimo: Un aiuto dal cielo

Non possiedo armi adatte per sconfiggerlo, ma possiedo l'intelletto.

Se tal mostro si è risvegliato con il tocco dei miei piedi, devo trovare il modo di sollevarmi dal suolo. Non basterebbe un albero, che in questa landa desolata non si trova, né ci sono liane a cui appendersi.

Solo questi antipatici volatili, che mi stanno costantemente addosso.

Ma certo, proprio loro possono aiutarmi!

Ne afferro uno per le zampe e mi libro con lui in volo.

Col mio peso a far da zavorra, non voliamo ad alta quota, e tanto basta a quel verme, per darmi un ultimo colpo di coda, cercando di farmi ripiombare a terra.

Mi sostengo con immane fatica, ma non cado; il movimento delle ali è un continuo schiaffo sul mio corpo dolorante.

Sotto di me le crepe nel terreno si stanno richiudendo, dando l'impressione di un dopo terremoto, riportando l'oscena creatura nel suo mondo sotterraneo.

Una scintilla cattura la mia attenzione, è minuscola e argentea; la sotto c'è la chiave che sto cercando.

Zigzagando in un estenuante volo a bassa quota, raggiungiamo l'antro di una buia grotta, probabilmente la sua tana.

Appena sono dentro mi lascio cadere, esausta.

A terra dove, tra il buio delle tenebre e la stanchezza, mia addormento.

Capitolo ottavo: Un amico speciale

Al risveglio vedo tutto nero e rosso; ma non sono sulla fredda roccia ma in un morbido letto.

I colori sono quelli del letto.

Mi alzo e noto con piacere che nella stanza c'è una vasca colma d'acqua calda; mi spoglio dei brandelli della sudicia camicia e mi immergo in un bagno di piacere.

Mentre le mie membra si stanno rilassando, un rumore mi risveglia dal torpore.

Esco in fretta dalla vasca, mi avvolgo in un asciugamano rosso sangue, più per coprirmi che per asciugarmi.

Ripiegati, in bella vista su di una seggiola appoggiata alla parete, ci sono abiti puliti.

Provo un paio di panta leggins in ecopelle, t-shirt ed un paio di anfibi del mio numero.

Sono perfetti.

Gli abiti mi calzano a pennello.

Il tutto rigorosamente nero; manca solo il chiodo con le borchie, purtroppo è rimasto nel mio armadio, dall'altra parte del mio sogno, nel mondo reale.

Questa persona, chiunque sia, conosce alquanto bene i miei gusti in fatto di abbigliamento.

Mi vesto in fretta e cerco di capire dove sono.

Le pareti sono spoglie; non ci sono né quadri né tantomeno specchi.

Non vedo finestre, ma una sola porta, che raggiungo, con la speranza di trovarla aperta.

Ruoto il pomello verso sinistra e questa si spalanca.

Esco e mi trovo in un lungo corridoio, con un'unica direzione obbligata.

Lo attraverso, ed alla fine di questo interminabile corridoio, trovo una scalinata in pietra.

Scendo, ma quando giungo al penultimo gradino, mi blocco, spaventata.

Scorgo una sagoma al centro della stanza, che sembra celarsi, a suo agio, nell'oscurità.

É molto buio ma le sembianze sembrano umane. Faccio anche l'ultimo gradino e mi avvicino.

Le unghie retrattili delle mie mani fuoriescono autonomamente, in segno di difesa.

Una voce potente, che pare venire dall'oltretomba, mi impone di fermarmi e mi gela il sangue nelle vene.

Mi blocco ed impaurita domando:

"Tu chi sei?"

La risposta si fa attendere per un tempo che pare interminabile, ma alla fine si presenta:

"Il mio nome è Edmond, tu come ti chiami?"

Nell'oscurità di quell'ambiente tetro, intravedo come due fanali di un'auto.

Sono i suoi occhi rossi, iniettati di sangue.

Terrorizzata rispondo:

"Mi chiamo Sara e non so dove sono e nemmeno perché sono qui, forse tu mi puoi aiutare!"

Scoppia in una fragorosa, lugubre risata, che farebbe tremare ogni essere umano.

Con totale naturalezza, poco dopo, con fare poco consono al suo aspetto, ma assai gentile, mi domanda se ho appetito.

Edmond, me ne accorgo solo adesso che gli sono vicina, ha poco dell'umano.

É una sorta di Demone, per l'aspetto fisico.

Diversamente i suoi comportamenti, nei miei confronti, sembrerebbero quelli di un angelo.

Ha capelli rosso brace, lunghi in maniera esagerata.

Praticamente toccano terra.

Gli occhi, anch'essi dello stesso rosso brace, hanno pupille dilatate all'inverosimile; questo probabilmente gli permette di vedere anche al buio.

Due piccole corna contorte e probabilmente molto robuste (saranno un'arma letale), fanno bella mostra di sé, sulla testa di Edmond.

Le mani sembrano quelle di una persona colpita da artrite reumatoide deformante; ma guardando meglio, nella penombra del luogo, mi accorgo che non ha dita ma affilatissimi artigli ricurvi.

È molto alto, magro e dall'aspetto sicuro delle proprie potenzialità.

Inattesa, riecheggia nuovamente la sua voce, potente e cavernosa.

"Perché sei qui?"

"Dov'è qui?" rispondo indispettita.

"E comunque sì! Ho appetito, è da ieri che non tocco cibo"

Mi osserva inorridito, i suoi occhi si fanno due fessure e con voce ironica replica:

"A te ci penso io!"

Ho appena incontrato un vampiro…

Mi fa cenno di seguirlo, conducendomi in una stanza attigua, anch'essa poco illuminata.

Un enorme tavolo, in pietra lavica (peserà due quintali!), padroneggia su tutto; ma il particolare stupefacente sono la quantità di libri, riposti in perfetto ordine, nelle scansie su tre pareti.

Devo dire che ciò mi colpisce alquanto, ed inizio a modificare il mio comportamento, basato sino ad ora sulla sfida, come arma di difesa.

Sposto la seggiola e mi accomodo ad un lato della tavola e lui si dirige al lato opposto, a dovuta distanza. Senza proferire parola alcuna, ma solo con un cenno di quella che si dovrebbe definire mano, si rivolge ad una strana creatura, immobile nell'oscurità.

Quell'essere corre via, ciondolando, per poi riapparire, sempre zoppicando, con un vassoio colmo di vivande.

Osservandolo più da vicino, lo trovo decisamente ributtante.

É basso, ed il suo corpo informe è ricoperto da una folta peluria scura, attraverso la quale non si distingue il sesso, se non fosse per due occhi azzurri e labbra carnose e rosse che mi fanno credere essere donna.

Nel piatto mi attende un'enorme bistecca al sangue, la prediligo ben cotta ma ho fame e mi adeguo trangugiandola a tempo di record.

Il mio dirimpettaio non tocca cibo ma sorseggia per tutto il tempo un liquido rosso e ambrato da un calice liturgico.

Provo ad intavolare una conversazione:

"Vedo che ti piace la lettura!"

"Si." Risponde "soprattutto classici in lingua originale, in particolare aramaico e greco antico; vieni ti faccio vedere."

Lo seguo con lo sguardo mentre apre la vetrina della libreria e ritorna verso di me con due opere all'apparenza molto antiche.

Le depone sulla base del tavolo con estrema delicatezza considerando che al posto delle mani ci sono artigli, nello sfogliarle riesco solo a comprendere i disegni che sono per lo più riferiti a parti del corpo umano, incomprensibili gli scritti ma deduco essere una sorta di trattato di cimenti scientifici su esseri umani.

Conversiamo amabilmente per ore, Edmond è una fonte di onniscienza ed un piacevole interlocutore ma ad un certo punto il suo volto si rabbuia e di scatto si trasforma.

"Adesso basta!!" tuona "sono stanco, se vuoi puoi prendere un libro ma ritirati nella tua stanza."

Lo osservo sbigottita, la mia bocca semiaperta vuole replicare ma risalgo obbediente al piano soprastante.

Seduta su letto cerco di raccogliere i pensieri quando sento una presenza nella stanza, i miei occhi incrociano i suoi, azzurro mare.

É quell'essere peloso, che tremante di paura cerca di parlarmi in un sussurro.

"Tempo fa ero una donna giovane e molto bella e guarda ora come mi ha ridotta!"

"Come ha fatto?" le domando.

"Da principio lusingata e corteggiata, così io ingenuamente, ci sono cascata.

Poi ha cambiato di colpo atteggiamento ed ogni giorno si imponeva con la sua onnipotenza, mi trattava in malo modo, sono stata ingiuriata e vessata.

Tu non hai la benché minima idea della sua potenza, te ne prego stai attenta!"

"Si, ma come ha fatto a ridurti in questo stato?"

"Lui li chiama esperimenti, non so bene di cosa si tratti esattamente, ma da circa un anno ogni sera mi costringe a bere un liquido strano e verde.

Il giorno dopo mi riscopro sempre più pelosa, questa è per certo la peggiore punizione per una donna."

"Punizione! Cosa gli hai fatto?"

Da principio mi sono ribellata alla sua onnipotenza, solo questo.

Non lo devi mai e poi mai contraddire o farà con te la stessa cosa; ora devo andare perché se mi scopre non oso nemmeno immaginare cosa dovrò subire!"

"No, aspetta! Un'ultima cosa… Chi è Edmond veramente?"

"Un vampiro dell'anima e di fatto cara, pensavo tu lo avessi compreso e, mi dispiace dirtelo, ma niente e nessuno può abbatterlo, tanto meno tu, esile fanciulla."

Lasciata sola penso che deve ancora nascere la persona che mi sottometterà.

Capitolo decimo: Come uccidere un vampiro

L'incontro con la donna pelosa, ha lasciato uno strascico di amarezza, mista a rabbia che si mescola a sua volta con un senso di impotenza.

Sono certa che quella strana creatura dicesse la verità mentre mi parlava di Edmond e della sua malvagità.

Ora, i dubbi che affliggono la mia mente, sono conditi si dà paura, ma con una voglia pazzesca di vendetta.

Nell'attesa, penso che dormire non sia una buona scelta, anche se sono stanca morta.

Afferro quasi con rabbia il libro che Edmond mi aveva concesso di prendere.

Giro e rigiro il libro tra le mani.

Guardo e leggo cento volte il titolo, l'autore.

Cerco di capire, sicura che non è lo stesso libro che pocanzi avevo portato con me, in camera.

Sarà sicuramente stata la ragazza pelosa a cambiare il libro perché io lo leggessi.

Mi avvicino ad una lampada ad olio, posta su di un antico tavolino Luigi XV°.

La poca luce emessa mi permette di leggere sulla copertina il titolo "Come uccidere un vampiro" scritto da Sara Brillante!!!

Tutto ciò è follia pura, io non ho mai scritto un libro, almeno non in questa epoca ed in codesto mondo!

Ma in fondo sono entrata nell'impossibile, dove tutto può accadere.

Mi decido e lo apro; le pagine sono nere e le parole scritte col sangue.

Come da mia abitudine quando mi trovo un libro in mano non lo leggo ma lo divoro.

Se un attimo prima ero all'inizio del libro ora leggo la parola fine.

Non ci metto molto a comprendere che si tratta di un rituale ancestrale, una formula magica, per uccidere un vampiro dell'anima e di fatto, per sconfiggere colui che si reputa immortale.

È notte fonda quando decido di esplorare ogni angolo di questa casa, mi serve luce e con me non ho certo il cellulare ma solo una vecchia lampada ad olio.

Su questo piano non ci sono altre porte oltre la mia, ma solo muri di dura pietra.

Scendo la scalinata e mi ritrovo nella biblioteca, la illumino e se apparentemente sembra tutto regolare mi accorgo di una piccola fessura, come un passaggio, in corrispondenza di una parete della libreria.

Mi avvicino, lo attraverso.

Sotto di me si apre una lunga. Strettissima, elicoidale, scala a chiocciola, e scendendo, mi rendo conto che le gambe mi tremano.

All'ultimo gradino mi gira persino la testa a furia di girare in cerchio.

Faccio luce, ma ho difficoltà a credere quel che vedo!!

Un laboratorio degno del dottor Victor Frankenstein (romanzo gotico, horror, fantascientifico scritto dall'autrice britannica Mary Shelley fra il 1816 e il 1817, all'età di 19 anni).

Con l'unica differenza che non vedo parti di cadaveri, come nel libro testé citato, bensì vermi striscianti e pipistrelli di ogni forma e dimensione.

Chiusi in una sorta di enorme voliera, si beccano e si azzannano tra di loro.

Su di un tavolo asettico ci sono provette, vetrini ed alambicchi; ed un quaderno che attira la mia attenzione.

Mi avvicino e lo sfoglio, lottando con i vermi che mi salgono sulle gambe.

Fortuna ho i pantaloni e noto con piacere che l'ecopelle li fa riscivolare a terra.

Finalmente mi sfugge, addirittura, una risata.

"Sono alquanto stupidi!!"

"Testa grossa e cervello fine" dice sempre Mr. Jones.

Il pensiero dell'amico mio carissimo, aumenta a dismisura la mia tristezza.

In questo momento difficile, mi servirebbe il suo aiuto, che unito alla capacità di sdrammatizzare le situazioni (una sorta di comicità macabra, che solo io apprezzo), mi sarebbero d'aiuto.

Non vedo l'ora di riabbracciarlo (sempre che sia ancora vivo!!!)

Poi riprendo il controllo di me stessa, e comincio a sfogliare il quaderno.

Le pagine contengono per lo più disegni fatti a mano, ma molto ben fatti (ed io ne so qualcosa), chiari e facilmente decifrabili.

Sono relativi a trasformazioni genetiche su animali, al fine di generare mostri alati e vermi abnormi.

Nello scorrere le pagine, mi imbatto nei disegni riguardanti la mutazione subita dalla povera donna pelosa ed una lacrima mi riga il volto.

Non ora Sara, non è certo questo il momento per lasciarsi andare a commozione; ma di agire e distruggere l'orribile vampiro, che è causa della creazione di tali mostri.

Sono ancora sotto shock per la terrificante scoperta, quando scorgo due occhi rossi, che mi penetrano come la lama di un pugnale.

Edmond mi ha trovata!

"Come hai potuto?" mi domanda.

"Come hai potuto, tu, arrivare a tanto!" replico adirata.

"ricordati che ti ho trovata mezzo morta, e ti ho raccolta all'ingresso della grotta.

Solo dopo mi sono accorto dei tuoi lineamenti gentili, mi hanno fatto pensare che potevi essere tu la donna che cerco da molto tempo, da secoli direi.

Potresti essere tu la mia anima gemella, con la quale condividere un puro sentimento"

"Sentimento!!" gli urlo in faccia.

"Tu non conosci nemmeno il significato di una così bella parola! Che niente ha a che condividere con il tuo essere mostro, senza sentimento alcuno"

"Per te posso cambiare; io ti amo!"

"Dimentica ciò che hai visto e resta accanto a me per la vita e, se lo vorrai, sarà per sempre, anche per l'eternità"

"E se non accetto? Cosa fai?"

"Ti devo uccidere…"

Di fronte a tale risposta devo pensare in fretta, trovare un escamotage per trascinarlo di sopra e decido di giocarmi l'ultima carta.

"Va bene, mi hai convinta, ma ad una condizione!"

"Quale?"

"Sali con me nella mia stanza, devo prendere alcune cose, e ne discutiamo in tutta calma."

Si avvicina a passi lenti e poi, come se nulla fosse, inizia a risalire la scala a chiocciola.

Lo seguo, ed a metà strada, finalmente, rallentando risponde con la sua voce cavernosa:

"Va bene, andiamo da te"

Girandomi indietro, come avessi dimenticato qualcosa, lascio uscire un sospiro di sollievo.

Ma non è il momento dei facili entusiasmi, non mi posso permettere di abbassare la guardia, non adesso.

Procediamo in silenzio fino alla porta della camera, dove lui subito entra ed io lo seguo a ruota.

Con la scusa di riporre al proprio posto la lampada ad olio, afferro e nascondo dietro la schiena il libro.

Devo distrarlo, rabbonirlo ancora un po', in modo tale che si fidi e rallenti ogni sua reazione di difesa.

"Ti dispiace se prima di parlare ti leggo una splendida poesia che ho trovato in un tuo libro?"

Mi osserva perplesso.

Ma poi replica:

"Perché mai dovrei impedirtelo"

"Certo leggi pure; per me è un piacere udire il suono della tua voce."

È fatta, è sotto scacco!!!

Spero solo che funzioni e me lo auguro di cuore.

Apro il libro e do inizio al rito.

"Dentro me ti sei insinuato

Giorno dopo giorno

Ora dopo ora

In ogni mio momento

Hai sembianze di serpente

Ho assaporato il tuo veleno

Mi hai fatto perdere il controllo

Sempre più stretta la tua morsa

Nessuna via d'uscita

Sola con me stessa

Salgo sul quadrato

Ne va della mia vita

Il dolore è forte

Forse più della stessa morte."

L'effetto sorpresa ha funzionato, però ha ben compreso cosa sto facendo.

Cerca di avvicinarsi a me il più possibile.

Ma una forza oscura rallenta i suoi movimenti.

Ora si muove come un burattino legato a suoi fili.

Gli artigli delle sue mani si allungano a dismisura.

Indietreggio di qualche passo.

Devo fare in fretta, con la parte mancante, prima che mi raggiunga.

Devo terminare questo rito, la formula magica per uccidere un vampiro.

"Ti guardo in faccia

Ti osservo

Ti scruto

Ti vedo

Non mi fai paura"

A questo punto si è fermato, il suo corpo sta regredendo, è come si stesse accartocciando su se stesso.

La sua pelle, prima liscia, ora è solo un ammasso di grinze che si sfaldano, ed io proseguo.

"Sei solo un essere viscido

Da demone travestito

Hai bluffato

Sei finito

Un ultimo saluto

Me lo devo

Addio."

Di fronte a me rimangono solo i suoi abiti ammassati. A terra, tra uno strato di cenere che la poca aria fa turbinare, scende il silenzio assoluto nella stanza.

È finita! ed io mi accascio, stremata.

"Ora, a te ci ho pensato io!"

Edmond, il vampiro dell'anima e di fatto, è sconfitto.

Capitolo undici: Inaspettata!!!

Se c'è una cosa che ho imparato nella vita, la devo a mio padre, ed al suo pragmatismo.

Lui diceva sempre: "Quando tutto è acquisito, quando tutto sembra risolto, allora ecco che arrivano i guai, le vere difficoltà"

Così era; e non sembrava facile poter uscire da quella caverna, o castello che fosse; che presto sarebbe diventato la mia tomba.

Feci un balzo all'indietro, spaventata da una presenza, un'ombra scura e tetra si avvicinava, come apparsa dal nulla, avvolta nel suo nero mantello.

"Deve esserci un passaggio segreto, da qualche parte" pensai "Se questo mostro riesce ad apparire e sparire così velocemente!!!".

Era la ragazza pelosa che, brandendo un'antica, arrugginita scimitarra, si avvicinava, nel suo essere così mostruoso.

Inaspettatamente, così come era apparsa, dice:

"Cosa hai fatto?"

"Maledetta, cosa hai fatto?"

"Dov'è Edmond?"

"Che ne hai fatto?

Io ero piuttosto agitata, ma non per l'arma che brandiva come un corpo morto, bensì per quello che chiedeva.

"L'ho ucciso, annientato, polverizzato. Kaputt"

"Ora sarai libera!"

"Tu non sai quello che dici, quello che hai fatto"

"Non puoi capire. Edmond era solo un vampiro sperimentale, al quale volevo dare l'immortalità".

"Mi è costato uccidere decine di esseri umani ed animali, era quasi perfetto"

Replicai a stento, con un nodo in gola:

 "Ma sei stata tu a darmi il libro!"

"Certo, sono stata io. Non potevo permettere che tu, trovandolo lo usassi contro di me"

"A pensarci bene, Edmond mi è stato utile"

"Grazie a te, cara la mia Sara"

"Adesso sarai tu l'oggetto più importante della mia collezione".

"Qualcuno da trasformare, rendendola succube a me, mia schiava, in immortale!"

Volevo assalirla, saltarle addosso, ma dalla tasca del suo orribile mantello nero, tirò fuori una Beretta calibro 22", a canna lunga.

Per intimorirmi, ed obbligarmi a seguirla, esplose un paio di colpi per aria (come per farmi capire che era una pistola vera).

Scaglie di intonaco cadevano dal soffitto, svolazzando lugubri nell'aria.

"Questa pistola ha 22 colpi, più uno sempre in canna. Con proiettili esplosivi; quindi poco importa avere una buona mira, l'importante è colpire il bersaglio, al resto pensa il proiettile che, esplodendo nel corpo della persona colpita, provoca danni irreparabili".

"Seguimi, ci divertiremo".

"Ti divertirai tu, strega malefica".

"Io devo trovare il modo di fuggire" pensai con rabbia.

Uscimmo dalla stanza, io davanti e lei dietro, con la letale arma puntata alla mia schiena.

Fu così che mi ritrovai semiaddormentata, su di una tentacolare, mostruosa poltrona da dentista.

Capitolo dodici: Sempre in fuga

I tentacoli mi avvolgono mani e piedi e più provo a muovermi più la morsa si fa stretta.

Ho appena ripreso conoscenza.

A poco a poco mi si snebbia la vista e noto, con nemmeno tanto stupore, che mi trovo in una cella vuota, con pareti di cemento grezzo, spoglie e ricoperte da uno spesso strato di muffa.

La luce del giorno, come una lama, attraversa la grata di una piccola finestra, un miraggio a cui aggrapparmi dopo tanto buio.

Ho la gola in fiamme, probabile residuo del cloroformio usato da quella strega per farmi perdere i sensi.

Appena nomini il Diavolo, la vedo entrare.

Tra le mani pelose, un vassoio con sopra una brocca e del pane raffermo.

"Bene, vedo con piacere che sei sveglia!"

"Ti ho portato qualcosa da bere e da mangiare".

"Devi essere in forze prima dell'esperimento!"

Vorrei strangolarla, ma non posso.

"Sarebbe almeno lecito essere messa a conoscenza di quello che mi aspetta?

Oppure è chiedere troppo? Brutto batuffolo di peli!"

E faccio l'unica cosa che mi è concessa, le sputo diritto in faccia!

Lei non si scompone, fa per pulirsi e mi risponde con voce secca:

"Certamente, mia cara".

"Se proprio ci tieni, ti posso dire che più tardi sarai spogliata, non di corpo, ma della tua anima".

"Non ricorderai nulla di te e della tua vita vissuta".

"Vuota dentro e senza sentimento alcuno, incattivita e rabbiosa".

"Esattamente come lo era il mio povero Edmond".

"Più passerà il tempo e più ti ci abituerai, vedrai."

Ma io, mai doma:

"Sono già incattivita!"

"Un'ultima cosa, subirai anche un notevole cambiamento, una trasformazione fisica".

"Il tuo faccino delicato diventerà, vediamo… il volto di una capra?"

"Ed il corpo, che ti invidio tanto, lo tramuto in quello di una orrenda scimmia."

Prorompe in una fragorosa risata ed io rimango allucinata dalle sue parole.

Si avvicina con la brocca e mi costringe a bere un liquido aspro che non ha proprio nulla dell'acqua e poi mi mette in bocca il pane secco che mastico a fatica.

"A più tardi, mia cara Sara"

Gira sui suoi tacchi (!?) e se ne va.

Ingoio il pane e penso alla misera fine che mi aspetta da lì a breve.

Quando, questa volta posso dire aspettata, la rabbia mi assale al punto tale che le lame taglienti ed acuminate fuoriescono dalle mie mani.

Finalmente capisco come attivarle!

Perdo totalmente il controllo e, con foga, inizio a tagliare i tentacoli, che finiscono in brandelli.

Spargo ovunque filamenti gelatinosi ed urticanti fino a ritrovarmi libera in mezzo alla stanza.

Questo sogno si sta' trasformando in incubo!

La porta è chiusa a doppia mandata e nella cella c'è soltanto una grata di ferro, troppo piccola per essere attraversata.

Ma certo! Proprio quella piccola fessura può diventare la mia salvezza.

Non soltanto la lama, potente, di luce solare che entra dalla grata, ma anche un oggetto che la donna pelosa ha dimenticato nella stanza e stabilisco essere perfetto.

Devo solo attendere paziente il suo ritorno.

Che deve, assolutamente, avvenire ora, in pieno giorno, altrimenti sono morta.

Il rumore di una chiave che gira nella toppa!

Afferro il vassoio d'argento dal tavolino e lo uso come scudo, ma non solo!

Lei entra e rimane pietrificata di fronte a tanto scempio, della sua adorata poltrona tentacolare.

Aspetto l'attimo giusto, per attirare i raggi del sole, che come un raggio laser, si riflettono sullo scudo, per poi farli rimbalzare sul suo corpo peloso.

I suoi peli iniziano dapprima a fumare, come un tizzone che si sta accendendo.

Poi prende fuoco, ed il suo corpo si trasforma in illuminante, magnifica, torcia umana.

Urla, geme, si butta a terra e si contorce bruciando come una strega sul rogo.

Quello che rimane per terra, è solo cenere.

L'unica cosa a non incenerire è la sua arma; la Beretta, ancora incandescente, abbandonata sul freddo pavimento.

Capitolo tredici: Cannibali!!!

Un forte boato irrompe come un tuono a ciel sereno.

Le mura si sgretolano sotto i miei occhi; il pavimento si divide in due per via di un forte terremoto.

Riesco a malapena ad afferrare al volo la pistola, che precipito in un vortice simile ad un tornado.

Vengo risucchiata al centro di una tromba d'aria, di sabbia e pietre, per poi ritrovarmi a terra, praticamente incolume, a parte qualche graffio e qualche strappo.

Dietro di me il nulla, sotto di me le terre ballerine.

Incolume ma con cento piccole ferite.

Sono talmente provata, che perdo i sensi.

Un'aria gelida pervade il mio corpo.

Mi sveglio, sorpresa da uno strano freddo che non dovrebbe esserci, almeno non a luglio inoltrato.

Il vento si intensifica, violento; aumenta anche la mia percezione del freddo, specie per il mio abbigliamento.

In un attimo il vento si trasforma in tempesta; la tempesta improvvisa, diventa turbine, per poi trasformarsi in uragano.

Sono di nuovo al centro del turbinio di vento, acqua e detriti, che mi sferzano il viso.

Ma la mia ora non è giunta, probabilmente il Dio della terra e del vento ha ancora qualcosa in serbo per me, se ha deciso di farmi sopravvivere a tutto questo.

I miei pensieri vengono colti di sorpresa, perché vento e detriti smettono, improvvisi, di vorticare.

Mi trovo, senza neanche un tonfo vero e proprio, su di una radura verdeggiante.

Mi alzo a fatica, cercando di concentrare la mente su dove mi trovo, e come posso ritornare a casa.

Mi viene facile pensare: "Non siamo nel 2021!!!"

In effetti non ci sono costruzioni di nessun genere. Quantomeno non si riesce a vedere la mano dell'uomo, in quello che mi circonda.

"Qui non si vedono nemmeno i pali della luce, un semplice campo arato, niente!!!"

Un dubbio atroce mi assale.

"E se quei vortici, dove sono finita, fossero dei meccanismi spazio-temporali?"

"Dove mi trovo? In quale epoca? In che paese?"

La risposta arrivò, quasi subito, sotto forma di un nugolo di frecce, scoccate sicuramente da decine di archi.

Se le frecce, mi avessero colpita, sarebbero state fatali.

Fortuna vuole che la maestria e la mira di…di chi?

Per usare quelle frecce così rudimentali ed in maniera così approssimativa, dovevo essere tornata all'età della pietra.

Detto, fatto!!!

Dalla fitta boscaglia, che costeggiava la radura dov'ero, muovevano verso di me, caracollando vistosamente a destra e manca, quello ……che sembrava!!!

Ominidi dell'età della pietra!!!

Saranno un centinaio, il più alto dei quali mi arriverà alla cintura.

Ho con me la Beretta, ma non sapendo quanti colpi ho ancora, istintivamente, comincio a correre nella direzione opposta la loro.

Troppo tardi!!!

Adesso ricordo; ricordo di aver letto da qualche parte delle tecniche di caccia degli ominidi carnivori e cannibali di quell'era!!!

Spingere la preda ad andare in una certa direzione dove una vistosa trappola…è pronta ad accogliermi.

Cado nel fossato e qualcosa di acuminato lacera la mia carne, il dolore è lancinante e mi toglie per un attimo il respiro.

Sono caduta su di un paletto conficcato nel terreno, per uccidere la preda, che in questo caso avrei dovuto essere io.

Fortuna vuole che la punta mi sia entrata nella coscia e non nel cuore, con cautela lo estraggo ma devo fermare il sangue, strappo una striscia di leggins che ho indosso e mi fascio stretta la gamba per fermare l'emorragia di sangue.

Poi, stordita dal dolore, mi guardo attorno e mi rendo conto di essere finita in una trappola mortale (che sarà profonda tre metri) dalla quale è impossibile venire fuori.

Ho paura, e col calare della notte diminuiscono anche le mie forze.

La gamba mi fa male, anche se la ferita sembra essere superficiale,

Per la prima volta scoppio a piangere.

Non volevo tutto questo, ma solo sognare.

E stremata mi addormento.

Il risveglio è un trauma, sono dolorante e marcia di sudore, la ferita infetta mi provoca la febbre, non posso procedere in questa guerra contro me stessa, mi sa che ho perso la battaglia!

Nello stesso istante in cui penso di essere sconfitta, scorgo una fune pendere all'interno della fossa, i miei sensi si riprendono ed aggrappata a quella corda cerco con le poche forze che mi rimangono, di trascinarmi fuori da quel buco maleodorante.

Non vedo anima viva, soltanto la fune della mia salvezza ben fissata al fusto di un albero poco lontano. A quanto sembra non ci sono solo cannibali, ma anche un'anime gentili!

Mi avventuro all'interno della foresta dove le radici degli alberi mi fanno incespicare e cadere più volte, fino a raggiungere una radura dove gli elementi naturali si diradano.

Esattamente al centro, mi appare un'umile capanna, costruita solamente con rami e foglie.

Mi avvicino e tutt'un tratto percepisco una voce che non emette suoni ma sfiora la mia mente; quel sussurro giungendo ai miei sensi, mi chiede di entrare ed io, come un automa, ubbidisco.

Al suo interno mi attende un uomo molto anziano dal volto rugoso e segnato dal tempo.

È uno sciamano che, tramite il solo pensiero, mi invita ad adagiarmi su di un'amaca creata con delle liane.

Si avvicina e mi lava attentamente la ferita; ci depone sopra un intruglio di fango e erbe medicamentose, per poi bendarmi con un intreccio di foglie.

Il sollievo è quasi immediato e la mia mente recepisce una domanda alla quale rispondo porgendo all'uomo saggio lo scrigno ritrovato nel sarcofago e del quale non sono riuscita a trovare la chiave.

Lo osserva accuratamente e le risposte alle mie domande giungono limpide e chiare, tramite ologrammi proiettati dalla sua mente, riflesse sulla parete della capanna.

Ora so con esattezza cosa fare per salvare quei poveri ragazzi dalla loro prigione.

Lo sciamano mi concede un ultimo ed inatteso omaggio (vista l'epoca in cui ci troviamo), prima di partire mi inietta in un braccio un microchip in modo tale che qualunque cosa accada e qualsiasi via intraprenda non scorderò mai il mio obiettivo e come raggiungerlo.

Ci inchiniamo in un umile saluto ed io proseguo nel mio viaggio.

Non è difficile raggiungere la prossima tappa, già vedo le cascate che mi aveva predetto.

Capitolo quattordici: Mr. Jones

Oltrepasso l'acqua e, zuppa fradicia, entro nella grotta.

Mi accorgo che la benda di foglie, fatta dallo sciamano sulla coscia sinistra, prude a contatto con l'acqua fredda.

Controllo la mia, oramai fedele Berretta calibro 22, sperando non abbia preso acqua nell'attraversare le cascate.

Conto i proiettili.

Sono venti, completamente asciutti.

Questo significa che la donna pelosa l'ha usata solo tre volte., e l'arma funziona benissimo.

Con una canna lunga, se sei un buon tiratore, colpisci una moneta da un centesimo, a trecento metri di distanza.

Con quest'arma e venti colpi a disposizione, mi sento abbastanza tranquilla.

Non ho nemmeno finito di pensare positivo che i guai si preannunciano, reali, come al solito.

Questa volta sotto forma di un ringhio continuo, che rimbomba nella semioscurità della caverna.

Mi viene spontaneo pensare, in modo sarcastico, "Ma le mie avventure sono tutte al buio? Forse la mia mente respinge i raggi solari!".

In questa semioscurità si materializza un'enorme e pelosissima sottospecie di orso, che mi guarda ringhiando furiosamente.

Ha occhi assolutamente inappropriati al fisico, che sembravano non far parte di quel corpo.

Dolcissimi, uno sguardo tenero, come gli occhi di un bambino che sta chiedendo aiuto.

Mani e piedi umani; la sua enorme stazza, più che spaventare, infonde tenerezza.

Nel dubbio, con una mano accarezzo i contorni della Beretta nel posteriore dei pantaloni.

Si sta avvicinando troppo; estraggo la pistola, pronta anche ad uccidere.

Ma un luccichio brilla nell'oscurità ed un'ombra, nel buio pesto, fece schioccare una lunga frusta che, sospesa nell'aria con movenze sinuose, come una danzatrice ammaestrata, si attorciglia intorno al collo dell'animale, bloccandolo.

Dal buio della caverna compare, come un sogno atteso e desiderato, il mio carissimo amico, compagno di mille avventure, Mr. Jones.

Senza abbassare l'arma, ancora puntata in direzione del bestione, e non riuscendo a trattenere la gioia, per quell'inaspettato, piacevole, incontro:

"Finalmente un volto umano, un amico! Come stai Mr. Jones (prima o poi gli chiederò perché si fa chiamare così), e chi è questo pelosissimo cucciolone?"

"Ciao, Sara. Io si, sto bene grazie, e tu?"

"Ok", rispondo al suo solito sarcasmo "Scusa, ricominciamo!!!"

"Ciao, Mr. Jones, sono felice di vederti! Come stai? Ancora vivo, a quanto sembra"

Uscito dal buio, appena la sua figura "indecisa" fu illuminata dalla poca luce che passava dall'ingresso di quella grotta, il mio cuore tornò a sorridere e la mia voce a canzonarlo (come facevamo entrambi, forse da un migliaio di anni, forse più), beccandoci come cane e gatto, ma con rispetto estremo, sapendo che l'uno avrebbe dato la vita per l'altro.

E così continuavo a prenderlo in giro:

"Come può un uomo della tua età, per giunta obbligato ad usare un bastone per camminare, a fare tutte le cose che fai?"

Mr. Jones, che mi conosceva perfettamente (e che mai si sarebbe offeso per le mie parole), cominciò così, raccontandomi la storia dall'inizio.

"Prima di raccontarti quanto accaduto, sappi che ti cercavo per riportarti a casa".

"Ed io non vedo l'ora di tornare, quantomeno per fare un bagno, bere rum cubano con te.

Ma prima devo portare a termine alcune cose importanti; ma ora sarà tutto più semplice"

E Mr. Jones, che come me amava sdrammatizzare: "Non starai, mica cercando l'Arca dell'Alleanza?"

 poi si fece subito serio:

"Questo cucciolone peloso (come lo chiami tu), è in realtà un giovane guerriero di una tribù, tramutato così da un vecchio sciamano, perché aveva scoperto che praticava la magia nera"

Appena udito menzionare "un vecchio sciamano" mi accorsi che la gamba ferita mi bruciava, a dir poco, in maniera atroce.

Strappo la fasciatura fatta con le foglie e mi rendo conto che sta decisamente peggiorando.

"Mr. Jones, amico mio, mi devi aiutare prima che anche a me accada l'irreparabile!"

"Cosa vuoi che faccia?"

"Lo sciamano mi ha iniettato un microchip nel braccio.

"Non avrei dovuto credere alle sue parole, invece di cascarci così ingenuamente".

"Se, come sembra, siamo nell'età della pietra, non è stata ancora inventata la siringa, figuriamoci poi un microchip, nato solo nel ventesimo secolo"

"Ora però so che è uno stregone, e vuole controllare la mia mente".

"Trasformare anche me, secondo il suo volere".

"Hai con te un coltello?"

"Si, a serramanico ma che cosa ne vuoi fare?"

"Io proprio nulla, sei tu che mi devi incidere il braccio e togliere il circuito elettronico."

"Odio il sangue! Se proprio devo lo faccio, spero solo di non farti troppo male!"

"Cercando anche di non svenire mentre lo faccio"

"Non perdere tempo a pensare e sbrigati, la ferita pulsa sempre di più e mi fa un male cane"

Fa scattare la lama del coltello e con mani tremanti intacca la mia carne.

Deduco che sia terrorizzato più di me, affonda lentamente e con la punta estrae il corpo estraneo dal braccio e mi fa presente che ci vorrebbero dei punti per saturare la ferita.

"Mr. Jones mi dispiace ma non ho proprio pensato di portare con me il kit per il cucito, mettici una benda o qualunque cosa sia".

Strappa un lembo della sua camicia e mi fascia alla meno peggio.

La ferita alla gamba cessa di pulsare ed il dolore regredisce, per me è giunta l'ora di ripartire e domando al mio caro amico se mi vuole accompagnare nell'ultimo tratto di codesto viaggio.

"No Sara, ma non ti devi preoccupare, ci rincontriamo tra non molto nella vita reale."

Ci salutiamo con un lungo abbraccio e cerco di celare la tristezza nel doverlo abbandonare.

"Arrivederci Mr. Jones."

Procedo all'interno della grotta con la fievole speranza che le immagini proiettate fossero veritiere.

"E questi cosa sono?"

Si avvicinano strisciando e sibilando, sono a centinaia e sono cobra, afferro la pistola e gli scarico addosso tutti i colpi che mi sono rimasti in canna, al termine ho di fronte a me una vera carneficina, ora devo trovare la loro tana e so con certezza che riguardo all'ologramma lo sciamano non sbagliava.

Sotto un cumulo di pietre, in questa stessa galleria non ci sono serpenti, bensì una pergamena che srotolo e leggo:

ANTRO VEDO OTUTT AIIINZ

Non capisco, non ha alcun senso a meno che non si tratti di un anagramma.

Forza Sara ci sai fare con la Settimana Enigmistica in fondo cosa cambia?

Le ultime due parole sono semplici: TUTTO e INIZIA, Jones lo avrebbe già decifrato, ne sono certa.

Rileggo attentamente spostando le lettere a destra e a manca fino a quando tutto quadra:

TORNA DOVE TUTTO INIZIA

Lo sciamano a questo punto ricordo che aveva visualizzato una botola ma io sotto di me non vedo nulla, ma certo! Ci siamo!

Come sotto così sopra e scorgo il portello, la galleria è bassa e di conseguenza riesco con facilità ad afferrare la maniglia tirandola verso di me.

Scende una scaletta in alluminio, salgo quattro gradini e…………..

……non credo ai miei occhi, sono in camera mia con il letto disfatto esattamente come lo avevo lasciato.

Prendo tra le mani lo scrigno e la serratura scatta come per incanto, all'interno una goccia di cristallo a forma di stella esattamente uguale a quelle create dall'esplosione del lampadario.

Si accende il televisore sempre sullo stesso canale, quello che non esiste, vedo dei cunicoli con le pareti che si sciolgono come neve al sole ed i ragazzi sono tuti salvi.

Si formano nuovamente le coppie, che escono dalla terribile caverna, ognuna con in mano un fiore a forma di stella.

Il mio sogno ha un lieto fine, su questo non avevo dubbi, sono un'eterna romantica che molto ma molto in fondo al cuore ancora crede nelle favole.

I raggi del sole filtrano tra le fessure delle persiane che vado ad aprire per sporgermi dal balcone e rivedere finalmente la mia strada, allibisco!

Lui è lì in abiti moderni e con i capelli molto corti, ma lo riconosco.

Incrocio il suo diabolico sguardo anche attraverso le lenti scure degli occhiali da sole:

è Edmond, il vampiro dell'anima e di fatto.

Fine...

Queste sono le avventure di:

Un fiore a forma di stella (Il fiore del Male)

Un fiore a forma di stella (Il fiore del Male)

Un fiore a forma di stella (Il fiore del Male)

Un fiore a forma di stella (Il fiore del Male)

Un fiore a forma di stella (Il fiore del Male)

Un fiore a forma di stella (Il fiore del Male)

Un fiore a forma di stella (Il fiore del Male)

Un fiore a forma di stella (Il fiore del Male)

Un fiore a forma di stella (Il fiore del Male)

79

Un fiore a forma di stella (Il fiore del Male)

www.ingramcontent.com/pod-product-compliance
Lightning Source LLC
Chambersburg PA
CBHW061333120726

48001CB00002B/844